創批詩選 65

정일근 詩集

바다가 보이는 교실

창비

차   례

제 3 부

제 4 부

제 1 부

북

북을 보면 두드리고 싶습니다
대청마루 떡하니 놓인 쇠북을 보면
북소리 높이 울리며
잃어버린 옛땅으로 가고 싶습니다
더 큰 조국으로 가고 싶습니다
짓밟힌 풀꽃 한 송이 버리지 않으며
버려져 뒹구는 돌멩이 하나 외면하지 않으며

그리운 그 나라

갈까부다, 해동청 보라매가 되어
청청 하늘 아래 큰 날개 휘어이 휘어이 저으며
멸악 낭림 장백을 단숨에 넘어
그리운 그 나라로

산맥들이 휘날리도록 바람아 불어라
잠든 봉수대들도 일어나 봉불을 놓고
두둥 둥둥둥둥 북소리 높이 울리며
그리운 그 나라 가자

산들아, 흰옷으로 갈아 입고 그리운 그 나라 가자
섬들아, 해동갑하여 가자스라
신라도 백제도 고구려도 없는 땅
옥사마다 문이 열리어
위 증즐가 태평성대가 당도하는 땅
새벽이면 늘 푸른 강물 소리
내 아낙의 흰 빨래 소리 눈부신 나라로

태극기를 달면서

하염없이 밀려오는 이 슬픔을
그대는 무엇이라 이름하겠는가 시인이여
밤을 새워 그대의 시를 읽다 맞이한 새벽
숙직을 마친 새벽 미명 속으로
홀로 태극기를 달면
경건해야 할 마음을 밀치며
먼저 와 펄럭이는 깊은 슬픔의 힘살들
뜨거워져오는 눈시울을 털며
농성을 풀고 돌아가는 어둠 속으로
북으로 북으로 아득히 달려가는
산맥들을 본다
지금 이 시간 그리운 그 땅에도 태극기를 달며
모든 산맥들을 남으로 남으로 달려 보내며
눈물짓는 한 사내가 살고 있으리라
황토령 참두령 먹은봉을 지나
마등령 보다산 허항령을 넘어
요동 혜산진 무산 회령을 건너

그리운 그 산 아래 그 강물이여
참으로 그리운 우리 사람들이여
숙직을 마친 새벽 미명 속으로
홀로 태극기를 달며 시인이여
아직 아이들이 등교하지 않은 운동장 가득
잊혀진 옛땅의 이름을 목청 높여 부른다
조국으로 가는 모든 길들을 불러 깨운다

놋쇠 뎐

우리 장인 김대섭씨, 올해 환갑의 삼팔 따라지. 막소주 한 잔에도 쉽게 눈시울을 붉히며 두고온 고향 멸악산과 예성강을 말씀하신다. 시인 사위와 대취하시는 날이면 '내래 강건군사학교 1기야' 조선 놋쇠 쟁쟁쟁 우는 한을 푸신다.

내 고향은 황해도 서홍이지, 율리면 송월리. 새벽이면 스무 살 건강한 잠 속으로 싱싱히 굽이쳐오던 내 아버지 멸악산이며 흰 광목 빨래 소리 아득히 흘러가던 내 어머니 예성강이며, 그리운 부모형제 모두 그곳에 두고 혈혈단신 떠나온 죄로 하여 굽은 등 한쪽 기댈 수 없는 바람 치운 다락이나 개똥 쌓인 마루밑을 놋쇠처럼 뒹군다. 놋쇠 같은, 조선 놋쇠 같은 내 인생 구석진 어둠 버려진 분단과 함께 뒹군다. 지금은 빛바랜 삼팔 따라지의 쓸쓸한 그리움과 회한만 남아 밤마다 홀로 일어나 속절없이 베갯잇을 적시나니, 내 나이 육십, 그리운 그 땅에 누가 살아 있어 나를 기억해줄까. 이 나라 이 땅 위에 갈라져 슬프고 그리운 마음, 나누어져 억울하고 분한 마음 모두 내 몸에 담아 녹아 지지직 뼈가 타고 살이 타들어갈지라도 마음 하나 남아 징소리 꽹과리소리로 환생했으면, 앞산 뒷산 첩첩 막힌 봉봉들이 저절로 길을 열고 남북강산 남남북녀가 곱게 곱게 만나는 날, 황해도 서홍군 율리면 송월리 함

정동 201번지 옛집을 찾아가는 우리 손주 기영이 손에 들
린 징소리 꽹과리소리로 환생했으면, 얼쑤절쑤 캥마쿵쿵
내 목소리에 우리 아버지 멸악산이 달려나오고 우리 어머
니 예성강이 버선발로 달려나와 반기려니……

장생포 김씨

마지막 고래잡이배를 동해로 떠나보내며
해부장 김씨는 눈물을 보인다
김씨의 눈물 방울 방울 속으로
스무 살에 두고 떠나온 고향 청진항이 떠오르고
숨쉬는 고래의 힘찬 물줄기가 솟아오른다
고래는 김씨의 오랜 친구며 희망
청진항 고래를 이야기할 때마다
육십 나이에도 젊은 이두박근이 꿈틀거리고
통일이 되면 통일이 되면
청진항으로 돌아가 고래를 잡겠다던 김씨
누가 김씨의 눈물을 멈추게 하겠는가
이제 마지막 배가 돌아오면
장생포여, 고래잡이도 끝나고
밤을 새워 고래의 배를 가르며 듣던
눈을 감고도 환히 찾아갈 수 있는 김씨의 고향
청진항 이야기도 끝나리라
장생포 고래고깃집들도 문을 닫고

그리운 노랫소리 또한 들리지 않으리라
다시 돌아갈 수 없는 청진항이여
스무 살 김씨가 던지는 쇠작살에 맞아
싱싱하게 떠오르던
그리운 청진항의 고래여

가을 驛舍에서

구모룡 형에게

그리운 그 나라에 가면 편지를 쓰겠습니다

흰 광목 한 필 가득 안부와 평화를 적어 보내겠습니다

두 눈을 감고도 환히 찾아갈 수 있는 나라

내 아낙의 흰 빨래소리 상기도 눈부신 나라

그리운 조국으로 가는 모든 길들의 이름을 부르면

먼 산길을 태우며 달아나는 가을꽃 붉은 꽃대궁마냥

이내 발갛게 타오르는 어화둥둥 숨가쁜 내 사랑

조국이여, 부상에 해 뜨는 아침부터

함지에 해 지는 저녁까지

버릴 것 하나 없는 가을의 깊고 푸른 서정 속으로

그대는 언제나 크고 새로운 서정의 예감으로 찾아와

진해시 경화동 산번지 간이역 빈 대합실에서

이 가을 내내 변방의 한 시인을 홀로 기다리게 합니까

토요일 오후 한 장 기차표로 돌아갈 수 있는 나라

한가위 귀성열차에 실려 돌아올 수 있는 나라

그리운 그 나라를 기다리는 동안

멈추지 않는 상행열차들은 그냥 스쳐 지나가고

낮은 마을로 흘러가는 가을 물소리만 시리도록 차갑습
니다
우리가 나누어져 서로가 서로에게 흐르지 못하는 지금
그리운 그 나라에 가면 편지를 쓰겠습니다

적과 적의

1

그대 내 적이 아니다
신병 훈련소 25M 영점 사격장
검은 표적지에서 처음 만난 그대
아니다 아니다 그대 내 적이 아니다
마산시 월영동 449번지
길이 막히고 최루탄이 터질 때마다
눈물을 흘리며 돌멩이를 던지며
아니다 아니다 끝까지 내 적의를 부정했었다
나는 끝까지 부정하며 눈을 감고 방아쇠를 당겼다
조교들의 욕설과 군화발에 짓밟히면서
사격장 여기저기 핀 풀꽃들이
무심히 사선 위로 날고 있는 흰나비들이
그렇게 자유로울 수가 없었다

2

기억한다 초병으로 서던 새벽이면
쾅쾅 쏟아지던 임진강 물안개
더욱 세차게 쾅쾅 쏟아지던 잠을 털며
총구를 겨눈다 언제나 가늠쇠 사이로
불확실한 흔들림으로 찾아오던 그대
때로는 임진강 민들레로 서정적으로 흔들리다가
때로는 불안한 예감으로 오는 그대
조그만 인기척에도 살의를 느끼며
마구 방아쇠를 당겼다 용서하라
그대 내 적이 아니다
용서하라 나 또한 그대의 적이 아니다
대답하라 시대여 분단이여 역사여
무엇이 우리를 이토록 적의에 차게 하는가
누구인가 그대의 가슴에 우리의 가슴에
끝도 없이 방아쇠를 당기게 하는 자는

고 등 어

젊은 시인이여

오늘 저녁 식탁을 위해 고등어를 굽자

삶이 그러하여 우리들 혁명의 꿈마저 부질없을 때

벌겋게 달군 저 석쇠 위에 생소금을 뿌리며

고등어를 굽자

여기는 극동 아시아 한반도 작은 해안 마을

마을의 저녁 불빛들이 하나 둘 살아오고

먼 산맥들을 소리쳐 부르고 싶은 황막한 이 저녁에

황인종과 친숙한 바닷물고기 고등어

회백색 방추형 몸통과 빛나는 군청빛 등어리

멀리 사할린 일본 중국 연해를 회유해온

푸르고 싱싱한 고등어를 굽자

이내 지지지 생살이 타는 소리

익어 툭툭 불거지는 고통의 속살

시인이여 젊은 시인이여

우리의 삶도 저런 건강한 고통 속에 두자

살과 뼈를 태우는 지글거림 속에

슬픔과 그리움으로 기름진 시들을 태우자
눈물을 태우고 사랑을 활활 불태우며
우리 한몸의 푸른 고등어가 되자
동해바다를 힘차게 거슬러오르는
고구려 북만주 벌판을 거슬러오르는
황인종의 힘찬 고등어가 되자
젊은 시인이여
삶이 그러하여 우리들 혁명의 꿈마저 부질없을 때
벌겋게 달군 저 석쇠 위에 생소금을 뿌리며
고등어를 굽자
우리의 시를 태우자

집오리는 새다

왜 집오리는 날지 않을까, 기러기목에 속하는

우아하고 튼튼한 날개를 접어 퇴화시키며

저 넓고 푸른 하늘의 자유를 포기한 채,

일용할 하루의 양식을 위해

도시의 더러운 시궁창에 거룩한 황금색 부리를 묻는

날지 않는 새, 집오리

시립 도서관의 먼지 쌓인 서가처럼

TV 앞에 침묵하는 우리들처럼

스포츠에 거세당한 이 시대처럼

날지 않는 집오리여, 너는 새다

길들여진 관습과 타성의 질긴 그물을 찢으며

빈 발목을 죄는 불안한 시대의 불안한 생존,

사육의 쇠사슬을 풀고, 혁명하라

날아라 집오리여, 새여

달 밝은 우리나라의 가을밤

기역자 시옷자로 무리지어 힘차게 날아가는

쇠기러기, 청둥오리떼를 따라 우리 다 함께

무서운 무리의 힘으로 힘차게 날개짓 하며
산맥을 넘어 국경을 넘어
자유의 하늘로 푸른 하늘로

탑, 그리고

왜 저 탑이 아직도 서 있을까
진해 시립도서관 앞을 지날 때마다
군관민과 학생까지 합심하여 받들고 서 있는
시월유신 기념탑을 본다
행정적 착오인지 무슨 말 못할 사연이 있는지
이미 학생들의 교과서 속에서도
슬그머니 꼬리를 감춘 그 해 시월의 악법이
70년대의 목을 죄던 검고 피묻은 손들이
기념탑으로 서 있는 것을 본다
왜 저 탑이 서 있어야 하는지
팔월 염천에도 섣달 찬바람 속에서도
저렇게 당당하게 서 있어야 하는지
탑 앞을 지날 때마다 나는 숨이 막히고
보이지 않는 역사의 검은 손들이 다시 살아나
내 목덜미를 힘들게 버팅겨온 80년대를
또 다시 낚아챌까 불안하다
불안하여 시립도서관 앞을 지날 때마다

나는 언제나 급하게 횡단보도를 건너간다
시민들은 그냥 무심히 탑 앞을 지나쳐
운동장으로 혹은 시내로 들어가고
오가는 평범한 시민들은 감히 알 수 없는
얽히고 설킨 큰 저의를 감춘 듯
진해 시립도서관 앞에는
오늘도 시월유신 기념탑이 서 있다

시월의 기도문

시월에는 無神이게 하소서
天高馬肥보다 詩高詩人肥이게 하소서
서정성으로 둔갑하는
누이의 가을 사랑 속에서도
번번이 결별의 비수는 빛나고

안경을 벗은 안맹의 여린 내 시선으로도
반도를 움켜쥐는 바람의 손길이며
한반도의 툭툭 불거진
슬픔의 힘살들이 환히 보입니다
하여 시월 속으로 떠나간 사람들의 길을 따라
이제는 당당하게 걸어가게 하소서
시월에는 有神이게 하지 마소서
가을이 주는 넉넉한 풍요로움으로도
우리나라 사람들은 즐거이 일하고 놀이 합니다
하느님 당신은 늘 그대로 하늘에서 쉬시고
시월에는 無神이게 하소서
그리하여 시월의 공산 같은 달밤이 오면

아이들, 낙엽, 대통령, 바보, 눈물, 풀꽃 모두 모여
고운 시를 읽게 하소서
높은 더욱 높은 목소리로
낭낭히 고운 시를 읽게 하소서

우봉리에서

마을을 둘러싼 봉우리가 소를 닮아 우봉리

경상남도 울주군 온산면 우봉리

앞으로는 넓고 푸른 동해바다

저물 무렵이면 만선의 갈치배를 타고 돌아오던 우봉리

사내들

포구가 환히 보이는 언덕 소나무숲에 숨어

청솔가지를 씹으며 기다리던 우봉리 이녁들

지금은 다들 어디로 떠나고 텅빈 우봉리

비내리는 상가에서 맞는 밤이 이보다 쓸쓸하랴

빈 마을에서의 일박은 죽음보다 깊고 참담하구나

우우 밤을 새워 우봉이 우는 소리

바다가 죽어가는 이따이 이따이 소리에

내 잠이 삭는 분노

열 손마디 뼈마디가 온몸이 썩어 문드러지는 고통

가끔씩 공단 쪽에서 달려오는

죽음의 굉음들이 우봉리의 밤을 지배하고

어디로 갔는가 우봉리 사람들은

정든 땅 정든 고향을 두고 다들 어디로 갔는가
남도 사내들의 억센 사투리 하나 남김 없이
남긴 오지그릇 하나 없이 어디로 갔는가
경상남도 울주군 온산면 우봉리
새벽 바다가 죽어 떠오르고
여기저기 우리의 주검 또한 검게 떠오르고

웅동 매립지를 지나며

우리가 살아갈 나라는 어디냐
우리가 죽어 뼈와 살을 묻을 나라는 또 어디냐
해안선마저 사람들 곁을 떠나버린 웅동 매립지를 지나
며
불도저에 밀리다 만 산모롱이를 돌아
넓게 메워져가는 좁은 바다를 본다
이제 다시는 희망이라 이름하지 않으리 진해 바다여
밀리다 남은 공제선 위로 기망 붉은 달이 떠오르고
간혹 먼 바다 쪽에서 추억처럼 소금 바람이 일어
웅동 주물공단 신축 조감도가 뿌옇게 흔들린다
저물 무렵 절망처럼 길게 늘어진 그림자와 함께
웅동 매립지를 지나며
아직도 왕성히 살아 마지막 자식들을 치고 있는
초여름 쇠비름풀들만 짓밟아버리며 묻는다
우리가 살아갈 나라는 어디냐
우리가 죽어 뼈와 살을 묻을 나라는 또 어디냐
우리나라의 그 흔한 서정성

찌르레기 풀무치 여치 풀종다리 울음 한 소절 들리지 않고
먼 마을의 개짖는 소리 하나 들리지 않고

유배지에서 보내는 정약용의 편지

제 1 신

아직은 미명이다. 강진의 하늘 강진의 벌판 새벽이 당
도하길 기다리며 죽로차를 달이는 치운 계절, 학연아 남
해바다를 건너 牛頭峰을 넘어오다 우우 소울음으로 몰아
치는 하늬바람에 문풍지에 숨겨둔 내 귀 하나 부질없이
부질없이 서울의 기별이 그립고, 흑산도로 끌려가신 약전
형님의 안부가 그립다. 저희들끼리 풀리며 쓸리어가는 얼
음장 밑 찬 물소리에도 열 손톱들이 젖어 흐느끼고 깊은
어둠의 끝을 헤치다 손톱마저 다 닳아 스러지는 謫所의
밤이여, 강진의 밤은 너무 깊고 어둡구나. 목포, 해남,
광주 더 멀리 나간 마음들이 지친 봉두난발을 끌고와 이
악문 찬 물소리와 함께 흘러가고 아득하여라, 정말 아득
하여라. 처음도 끝도 찾을 수 없는 미명의 저편은 나의
눈물인가 무덤인가 등잔불 밝혀도 등뼈 자욱이 깎고 가는
바람소리 머리 풀어 온 강진 벌판이 우는 것 같구나.

제 2 신

　이 깊고 긴 겨울밤들을 예감했을까 봄날 텃밭에다 무우를 심었다. 여름 한철 노오란 무우꽃이 피어 가끔 벌, 나비들이 찾아와 동무해주더니 이제 그 중 큰 놈 몇 개를 뽑아 너와지붕 추녀 끝으로 고드름이 열리는 새벽까지 밤을 재워 무우채를 썰면, 절망을 썰면, 보은산 컹컹 울부짖는 승냥이 울음소리가 두렵지 않고 유배보다 더 독한 어둠이 두렵지 않구나. 어쩌다 폭설이 지는 밤이면 등잔불을 어루어 詩經講義補를 엮는다. 학연아 나이가 들수록 그리움이며 한이라는 것도 속절이 없어 첫해에는 산이라도 날려보낼 것 같은 그리움이, 강물이라도 싹둑싹둑 베어버릴 것 같은 한이 폭설에 갇혀 서울로 가는 길이란 길은 모두 하얗게 지워지는 밤, 四宣齊에 앉아 시 몇 줄을 읽으면 세상의 법도 왕가의 법도 흘러가는 법, 힘줄 고운 한들이 삭아서 흘러가고 그리움도 남해바다로 흘러가 섬을 만드누나.

편 지

1

　조선낫으로 내 그리움을 다스릴 수 있다면 6월의 잡풀
목대궁 싹둑싹둑 잘라버리듯이 이 막막한 사랑의 갈증 모
두 베어버리겠네 사람아 나는 아직도 첫눈에 가늠하지 못
하는 바다의 이수(里數)처럼 아득한 그리움의 거리 속에
서 있나니 눈멀고 귀먹은 날에 사람아 먼 나의 사람아

2

　바람이 부는 날의 저물 무렵에는 바람이 되어 그대에게
로 가겠다 그대는 유배지에서 바라보는 그리운 내륙의 먼
불빛이거나 그 마을의 아궁이에서 뜨겁게 타오르는 장작
불이다 다시 그 마을로 가기 위하여 나는 바람이고 싶다
그대에게로만 부는 더운 바람이고 싶다

제 2 부

야학일기 1

부모 잘 만난 네 또래 다들 자는 시간
열다섯 열여섯
한참 달콤한 잠을 포기하는 너희들에게
공돌이 공순이 신세에 조용필 노래만도 못하고
한 끼 라면도 되지 않는 한국사를 가르치며
나는 분단된 한국사보다 더 아프게 절망하누나
천막교실 찢어진 틈새로 언뜻언뜻 보이는
초겨울 별빛들이 파리하게 부서지고
폭포마냥 쏟아지는
허기보다 독한 잠을 견디지 못해
옷핀을 찌르는 순이의 손등 위로 붉은 피가 맺혔다
아아 나는 더이상 갑오년 이야기만 할 수가 없어
돌아서서 안경을 닦는 척 값싼 눈물을 훔치고
너희들은 보국안민
네 글자를 또박또박 받아 적었다
어디 우리의 슬픔이 갑오년 죽창이 되어
이 땅의 거대한 어둠을 찌를 수 없을까마는

미싱기와 잔업에 시달리다 행여 늦을세라
마지막 시간 작업복 차림으로 달려온 너희들을 위해
따뜻한 희망과 밥이 되지 않는 한국사만
분노하고 있구나
그날처럼 뜨겁게 타오르고 있구나

야학일기 2

야간 천막학교이지만
졸업을 하고 열아홉 살이 되면은
해군 하사가 되고 싶다던 네가
열일곱의 네가
선반톱에 손가락이 잘려서 등교했을 때
직업군인이 되어
동생 철이만큼은
까만 교복을 입혀 중학교에 보내고 싶다던
단 하나뿐인 너의 꿈이 잘려나가고
그날따라 바람은 왜 그다지도 많은지
펄럭이는 천막교실 더욱 참담해
끝내는 서로를 부둥켜안고
기나긴 겨울밤 통곡으로 지새웠지만
너는 결코 두 형제를 고아원에 버리고 떠난
어머니와 세상을 원망하지 않았다
얼굴 모르는 아버지를 그리워하지 않았다
잘려나간 저 손가락이

다시 자라날 수는 없을까요
이 땅의 죄 많은 하느님
잘려 나간 손가락과
해군 하사가 되고 싶다던 너의 희망에 대하여
새벽이 올 때까지
나는 아무 말도 할 수 없었다

야학일기 3

선생님 저도 시인이 될 수 있나요
왼쪽 다리를 심하게 저는 혜옥이
수요일 문예반 수업이면 야근까지 빠지며
시 속으로 다리를 절며 온몸으로 걸어오는
혜옥이, 분홍색 도화지로 예쁘게 표지를 입힌
네 문집 제목이 희망이듯이
험한 세상 오직 시를 희망이라 믿으며
가슴에 푸른 별 하나 품고 사는 문학소녀
우리 시대의 밥도 칼도 아닌 시를
오직 희망이라 믿으며 사는 너에게서
시는 제 값을 찾아 반짝이나니
네 눈물 하나하나가 시가 되고
내 슬픔 하나하나가 별이 되어
어두운 밤하늘 높이 더 높이 올라가
우리나라의 가장 빛나는 별이 되리라

야학일기 4

'작은 노동제'에 주는 축시

눈물겹도록 고맙구나 나의 형제들아

저 산에 들에 저절로 돋아나

푸름을 이루고 단풍을 태우는

나무들 풀들처럼 고맙고 대견한 나의 형제들아

올해도 너희들이 차려놓은

건강한 밥상을 받아

더운 이 한 그릇의 밥을 다 먹으며

남김없이 다 물 말아 먹으며

넉넉한 배부름으로 우리나라를 본다

마침내 너희들만이 살아 이룰 우리나라를 본다.

야학일기 5

봄소풍 날짜를 예고한 자정 가까운 종례시간,
선생님 우리는 소풍도 달밤에 갑니까
선반공 용수의 우스갯소리에 잠시 웃음이 일고
나는 본다, 웃음보다 더 크게 밀려오는 어두운 침묵을
아이들 얼굴에 깔리는 우리 시대의 무거운 죄를.
창경원에는 밤벚꽃놀이가 한창이라는데
창 밖 목련꽃도 저리도 환하게 꽃등을 켜고 있는데
우리들의 달밤은 너무 참담하고 아프구나.
미싱공 옥희는 토요일 철야를 계획하고
인쇄공 수길은 무단결근을 결심하는
일요일 하루의 봄소풍을 위해 두런두런 낮은 목소리들,
그래도 열일곱 나이는 속이지 못해
이내 지지배배 지지배배 즐거운 봄제비 같은 우리 아이
들아
그래, 우리도 대명천지 밝은 날에 봄소풍 가자
우린들 즐거움이 없어 노래하지 못하랴,
우린들 신명 없어 춤추지 못하랴.

42

막차 시간에 쫓겨 뛰어가는 요란한 발자국 아래
쓸쓸히 빛나는 사월 달밤은 잘게 부서지고
아직은 우리가 함께 걸어가야 할 어둔 길이 보인다.
힘차게 밟고 뛰어가야 할 먼 길이 보인다.

야학일기 6

너를 만날 때마다 힘이 솟는다 김용수
시커먼 채탄더미 속에서
더욱 시커먼 얼굴을 내밀며
선생님 하며 번쩍 들어올리는
너의 손을 볼 때마다
그 건강한 노동의 손을 볼 때마다
희고 작은 내 손에도 힘이 솟는다
김용수 너는 스무 살의 가장
열여섯에 부모를 여의고
어린 두 동생을 키우는 젊은 가장
밤이면 하루 열두 시간
거칠고 거친 노동에서 돌아와
졸음이 가득 고이는 순한 눈망울을 털며
동갑나기 여자 대학생들의 수업을 받으며
어린 동생 같은 급우들을 보살피는
우리들 달밤학교의 의젓한 급장 김용수
우리 시대의 색채 같은 채탄더미 위에서

너의 몫으로 남겨진 절망과 슬픔을
오늘도 묵묵히 삽날로 찍어내며
주일 아침마다 무릎을 꿇고 하늘에 올리는 기도
뜨거운 찬송 소리로
날마다 부활하는 나의 형제 김용수
한낮의 연탄공장으로 가 너를 만날 때마다
불끈불끈 힘이 솟는다
생명의 힘이 용솟음친다

야학일기 7

우리들의 작은 노동제

시화전이 열리던 저녁 재홍아

병신자식에 한이 맺힌 네 어머니가

노란 국화 한 다발을 들고 찾아와

네 작품 앞에서 통곡을 한다

비뚤비뚤

한 걸음 걷기도 불편하고

한마디 말도 나누기 힘든

열일곱 뇌성마비 환자인 네가

뒤틀리고 떨리는 손으로

비뚤비뚤 쓴 시

순수도 참여도 아닌

살아 숨쉬는 생명의 시 희망의 시

오재홍

너의 시는 너의 생명

그냥 그대로 너와 함께 살아 숨쉬는 생명

오재홍

너의 시는 너의 희망

그냥 그대로 너와 함께 살아 숨쉬는 희망

네 어머니의 통곡 앞에서 너의 시는

또박또박 걸어가는 너의 바른 걸음이 되고

우렁우렁 울려오는 너의 목소리가 된다

이제 똑바로 걸어가라 재홍아

네 어머니의 거친 손을 잡고

저 등대가 불 비추는 세상

온몸으로 걸어가라

힘찬 목소리로 노래하며 가라

바다가 보이는 교실 1
우리반 내 아이들에게

너희들 속으로 내가 걸어가야 할 길이 있구나

저 산에 들에 저절로 돋아나 한 세상을 이룬

유월 푸른 새 잎들처럼, 싱싱한

한 잎 한 잎의 무게로 햇살을 퉁기며

건강한 잎맥으로 돋아나는 길이 여기 있구나

때로는 명분뿐인 이 땅의 민주주의가,

때로는 내 혁명의 빛바랜 꿈이,

칠판에 이마를 기대고 흐느끼는

무명 교사의 삶과 사랑과 노래가

긴 회한의 그림자로 누우며 흔들릴 때마다

너희들은 나를 환히 비추는 거울,

나는 바다가 보이는 교실 창가에 서서

너희들 착한 눈망울 속을 조용히 들여다보노라면

저마다 고운 빛깔과 향기의 이름으로

거듭나는 별, 별들

저 신생의 별들이 살아 비출 우리나라가 보인다

내 아이들아, 너희들 모두의 이름을 불러 손잡으며

걷고 싶어라 첫새벽 맨발로 걷고 싶어라
너희들 속으로 내가 걸어가야 할 길이 있고
내가 걷고 걸어 가 닿아야 할 그 나라가 있구나

바다가 보이는 교실 2

빈 교실에서

우리반 화단 가득 흐드러진 팔월 여름꽃

꽃잎마다 싱싱히 돋아나는 아침 이슬인 양

다투듯 금빛 물방울을 튀기며 너희들은 집으로 돌아가
고

바다가 환히 보이는 텅 빈 교실

앞 줄 옆 줄 나란히 맞추고 서 있는 빈 책상들을 보면

이제 열세 살 여리고 착한 너희들 마음에

나는 저렇듯 반듯한 형식주의의 칼금을 긋고 있는 것이
아닐까

두려워진다. 풀꽃을 보면 그냥 그대로 고운 풀꽃이 되
고

산맥을 보면 힘차게 달려가 푸른 산맥이 되는

중학교 일학년 우리반 아이들에게

자유와 사랑, 나누어진 조국과 슬픈 역사에 대해

더운 가슴을 열어 따뜻이 껴안게 하지 못하고

옳은 것은 항상 옳은 것이라 말하게 하지 못하는,

순응과 적응을 길들이고 있는 분필 묻은 내 손이 부끄

럽구나

　　분단이여, 나누어진 마흔한 해의 우리나라여
　　남남이듯 남과 북이 무심히 칼금을 긋고 살아가듯
　　태연히 우리반 아이들 가슴에 칼금을 긋고 있는
　　죄 많은 시대, 더욱 죄 많은 선생인 내가 두려워진다.

바다가 보이는 교실 3
야간 자율학습을 하며

어둔 바다 같구나 말없이
고여 썩어가는 저 검은 바다 밑 같구나
유리창 밖에는 늘 익숙한 어둠,
꽃 피는 봄과 찬란한 여름
저리도 넉넉한 우리나라 가을 또한
어둠 깊숙이 묻어두고
기약도 그리운 마음도 없이
지금 우리는 어디로 흘러가고 있는가?
저마다 ?표로 가득 찬 머리를 숙이고
밑도 끝도 없이 작은 거부의 몸짓도 없이
우리들은 가라앉고 있구나
늪 같구나 우리가 딛고 사는 이 시대가
스스로 갇혀 가라앉는 늪 같구나
일어서야 하는데 뛰어가야 하는데
잠든 너희들을 흔들어 깨워
저 바다 건너 그리운 마을에 등불 꺼지기 전에
함께 가 닿아야 하는데

유리창 밖에는 어느새 겨울바람이 일고
빈 나무들이며 겨울산이 온몸으로 우는 소리
늦기 전에 더 늦기 전에
열다섯 어린 영혼들을 불러 깨워야 하는데
나는 무엇인가?
헐떡이며 넘어가는 시간에 몸을 기대고
말없이 흘러가는 나는 누구인가?
아아, 나는 누구인가?

바다가 보이는 교실 4
보충수업 10년

너희들은 달려가야 한다

한 마리 뻣센 물고기가 되어

작은 시냇물을 만나고 큰 강물을 만나고

마침내 푸른 바다를 만나고 만나

힘차게 달려가야 한다

짧은 초겨울 해는 이미 지고

운동장 가득 길게 누운 어둠

누군가가 죽음의 냄새로

우리 시대의 이름을 부르는 것 같다

열세 살, 물고기 비늘처럼

반짝반짝 살아오는 너희들을 죽이며

형광등 불빛 아래

흰 분필가루를 날리고 서 있는

이 나라의 보충수업 10년

우리 스스로 죽음의 냄새를 풍기고 있다

하루 일곱 시간 여덟 시간 지치고 지친

후진국 교사인 내 수업보다 더 안쓰러운

우리 아이들아

한마디 거부도 없이 침묵하는 우리 아이들아

너희들 겨드랑이에 지느러미를 달아주고 싶다

저마다 금빛 은빛으로 빛나는

해방과 자유의 지느러미를 달아주고 싶다

나도 너희들과 더불어 해방하고 싶다

유리창 밖 저 컴컴한 죽음과 같은

우리 시대의 어둔 바다와 해협을 지나

언제나 맑은 햇살과 바람이 자유로운 그곳으로

함께 알몸으로 뒹구는 그곳으로

바다가 보이는 교실 5

김 동 식

국민학교 6년의 의무교육 기간 동안

오직 열심으로 배우고 익혀서

중학교까지 가지고 온 것은

김동식이란 이름 석 자와 착실한 인사성

우리집 장남만은 배를 태우지 않겠다는

한 달이면 스무 날을 남해바다에 사는

바다에 한맺힌 아버지의 희망은 아랑곳없이

동식이의 꿈은 언제나 마도로스

비록 제 이름 석 자밖에 모르는 일자무식이라지만

5대양 6대주를 누비는 멋진 마도로스 킴

가방에는 어머니가 싸주신 도시락만 담아

도시락 가득 어머니의 사랑을 담아

오늘도 동식이는 시오리 등교길을 걸어서 **온다**

들어서 알지도 못하고

새벽 자율학습부터 저녁 보충수업까지

질문 한번 해주는 선생님이 없어도

이미 조숙하여 머리 큰 급우들이

똥식아 똥식아 하인배 부리듯 심부름을 시켜도
그래도 하루 아홉 시간 수업이 즐거워
마주치는 선생님마다 올리는 인사가 즐거워
오늘도 동식이는 학교에 온다
이제 어느 선생님도 애타게 가르쳐주지도 않아
부모의 등뼈를 휘게 한 비싼 사립중학교 3년을
글자 한 자 새로이 깨치지 못하고
김동식이란 이름 석자와 착실한 인사성만 배우고 익혀
그렇게 그렇게 중학교 3년을 졸업할지라도
라디오에서 배운 유행가를 흥얼거리며
오늘도 믿음처럼 동식이는 죽은 학교에 온다
시오리 등교길을 걸어서 온다

바다가 보이는 교실 6

어린 천사가 된 윤우열에게

심장병을 앓는 우열이 체육시간이면
바다가 환히 보이는 운동장 한켠
가을을 노랗게 물들이고 있는 은행나무 아래에서
색종이를 접어 종이비행기를 날린다
솔숲 사이 바다로 굽어져가는 푸른 오솔길을 따라
단숨에 달려갈 수만 있다면, 새가 되어
바람이 되어 훨훨 날아갈 수만 있다면
우열이의 꿈은 종이비행기가 되어 날아간다
푸른 하늘 푸른 새를 꿈꾸는 우열아
숨이 가빠져올 때마다 은행나무에 이마를 기대는
늘 고통과 함께해온 열다섯 전생애를 용서하라
하루에도 몇번씩 찾아오는 죽음의 예감마저
모두 용서하며 바라보아라
네 손을 떠난 색색의 종이비행기가
저리도 아름다운 몸짓으로 훨훨훨 날아가
솔숲 사이 바다로 달려가는 오솔길은 단숨에 지나고
바다를 건너 산을 넘어

삶과 죽음의 거리 또한 자유로이 지나
우리가 돌아갈 신의 마을로 날아가고 있구나
우리 다 함께 슬픔없이 돌아가 뛰놀
그 마을의 이름을 조용히 불러보며
색종이로 곱게곱게 접혀 날아가는 종이비행기를 본다
영혼을 접어 날리는 우열이의 종이비행기를 본다

바다가 보이는 교실 7

백두산 기행

중학교 2학년 국어시간 서명응*의 글 백두산을 가르치며 남쪽의 시인선생은 저절로 신명이 납니다 오늘은 우리 아이들과 함께 앞서거니 뒤서거니 우리 민족의 진산 백두산으로 올라가는 날 유리창 밖 하늘은 맑고 남해바다 한 장도 찰랑찰랑 뒤따라옵니다 임어수를 출발하여 허항령에 이르는 동안은 육진과 삼수갑산의 작은 첩첩봉봉들이 영차영차 우리를 따라와 동무해주었읍니다 삼지를 지나 천수에 도착하여서는 싸가지고 온 점심을 맛있게 먹었읍니다 조선호랑이와 반달곰이 찾아와 나누어 먹었읍니다 천수를 떠나 백두산을 오르며 나는 신명에 겨워 미칠 것만 같아 잊고 살아온 역사를 북만주 벌판을 달리던 선조들의 이야기를 이제는 부끄러운 추억으로 남은 분단 마흔 몇 해의 이야기도 들려주었읍니다 백두산 흰 봉우리가 가까와질수록 소백산 보다산 마등령 덕은봉 온항령 설령 참두령 원봉 황토령 후치령 통파령 부전령 상검산 하검산의 봉우리들이 우리 발 아래로 힘차게 달려와 하나가 되고 요동 혜산진 무산 회령의 기와지붕들이 정답게 보였읍니다 험하

고 거칠 것이라고 막연히 생각해온 산은 정상이 다가올수
록 마치 할아버지의 품속에 안긴 듯 참으로 포근하였읍
니다 한몸의 남과 북이 더 먼 북쪽 우리의 옛땅들도 더욱
정답게 내려다보였읍니다 그때 마침 마치는 종이 길게 울
렸읍니다만 중학교 2학년 국어시간 남쪽의 시인선생은 그
래도 신명이 납니다 이제 다음 시간이면 우리 아이들과
함께 백두산 상상봉에 이르러 만세도 부르고 노래도 부르
며 백두산 천지물에 부르튼 발을 씻을 수 있을 것이니까
요

＊ 조선 영·정조 때의 학자

바다가 보이는 교실 8

통일 전망대 오르며

너희들은 알겠니

남녘 끝 진해에서

부산 포항 강릉 주문진 속초 화진포 지나

강원도 고성군 수복지역 이곳까지

전세내어 달려온 신형 관광버스로도

장전 통천 원산 흥남 성진 청진

이제 더 갈 수 없는

하늘과 땅과 바다가 있음을

너희들은 알겠니

민통선 북방마을 지나

마달리 고개를 오르며

이제 저곳이 이 나라의 끝이다

가고 싶어도 더이상 갈 수가 없구나

이곳은 이름하여 통일 전망대

보아라 남쪽 아이들아

저기 육안으로도 환히 보이는

저 산이 금강이란다

저 금강 너머 서해바다 끝은 사리원 남포
우리는 같은 위도 위에 서 있지만
더이상 갈 수가 없단다
만날 수도 없단다
통일 전망대에 올라
우리의 소원은 통일을 힘차게 부르는
남쪽 우리반 내 아이들아
통일은 전망하는 것이 아님을 알아라
저 산 너머에도 하늘과 땅과 바다가 있단다
마을과 사람과 길이 있단다
오늘은 다만
가고 싶어도 갈 수 없는 길이 있음을 알아라
그 길의 아픔을 알아라
내일은 너희들이 걸어가야 하는 길임을 알아라

바다가 보이는 교실 9
첫 눈

잠시 교과서를 덮어라

첫눈이 오는구나

은유법도 문장성분도 잠시 덮어두고

저 넉넉한 평등의 나라로 가자

오늘은 첫눈 오는 날

산과 마을과 바다 위로 펼쳐지는

끝없는 백색의 화해와 평등이

내가 너희들에게 준 매운 손찌검을

너희들 가슴에 칼금을 그은 편애를

스스로 뉘우치게 하는구나

잠시 교과서를 덮어라

순결의 첫눈을 함께 맞으며

한 칠판 가득 적어놓은

법칙과 법칙으로 이어지는

죽은 모국어의 흰뼈를 지우며

우리들 사이의 먼 거리를 하얗게 지우자

흰 눈발 위로 싱싱히 살아오는 모국어로

나는 너희들의 이름을
너희들은 나의 이름을
사랑과 용서로 힘차게 불러 껴안으며
한몸이 되자
한몸이 되어 달려나가자

바다가 보이는 교실 10
유리창 청소

참 맑아라
겨우 제 이름밖에 쓸 줄 모르는
열이, 열이가 착하게 닦아놓은
유리창 한 장
먼 해안선과 다정한 형제섬
그냥 그대로 눈이 시린
가을 바다 한 장
열이의 착한 마음으로 그려놓은
아아, 참으로 맑은 세상 저기 있으니

제 3 부

김 주 열

저기 오네요 어머니
아지랭이 어질어질 두척의 이마를 짚으며
월영 언덕 가득히 꽃불을 놓는 봄이
텃밭 봄상치에 맺히는 청청 푸른 힘살처럼
푸른 합포의 해안선을 따라
연신 싱싱한 소금 가마니를 풀고 가는 마산의 봄이
내 혈관마다 요란한 꽹과리소리를 울려
나는 신명에 잡혀 봄신명에 잡혀
이 세상 끝까지라도 죽음의 끝까지라도
단숨에 달려갈 수 있을 것 같아요 어머니
달려가 겨울을 이기고 봄문안 나오는
마산의 풀꽃이며 돌멩이들과 함께
뜨거운 어깨를 맞대고 박수를 치며
겨우내 묻어놓았던 더운 해방의 노래를
힘차게 힘차게 부르고 싶어요 어머니
보세요 어머니
인동의 빗장을 풀며 골목마다 거리마다

꽹과리소리 북소리를 높이 울리며 몰려나오는
아아 저기 저 눈부신 봄을
마산의 모든 봉수대들이 봉불을 놓아
마산의 모든 산봉우리들이 몰려오고 있어요
우리나라의 모든 산맥들이 굽이쳐 오고 있어요
달려가고 싶어요 어머니
마산의 봄 속으로 달려가
이 세상 가장 붉은 꽃 한 송이로 피고 싶어요
육신을 살라 불살라 훨훨 타오르고 싶어요

마산의 참깨나무

참 즐거운 날이었어 그날 오후
시가 되지 않는 절망을 안고
3·15 의거탑 앞을 거닐다가
홀로 자란 참깨나무 하나를 보았어
어디서 씨앗이 날아왔을까
어떻게 홀로 열매까지 맺었을까
나는 손끝으로 참깨열매를 툭툭 쳐보았지
아아 하늘 아래 이런 즐거운 일이 있나
순식간에 터져나오는 까만 참깨들
그해 삼월의 마산처럼
당당히 밀려나오는 참깨들의 고함소리
그렇지 암 그렇지
열려라 참깨 열려라 참깨
누가 그렇게 말하지 아니해도
때가 되면 자연히 터져나와야지
자랄대로 자랐으면
두척산 아래 합포 바다 위로 당당하게 밀려나와

또 다시 튼튼한 뿌리를 내리고 싹을 피워
마산의 많은 참깨나무들을 키워나가야지

마산의 봄

오라, 제 신명에 겨워 절뚝절뚝

다리를 절며절며 캥마쿵쿵 병신춤을 추며

내 고향 남쪽바다 합포 바다 푸른 해안선을 따라

두척의   드센 산마루를 넘어넘어

오라, 마산의 봄이여

그리운 나라 상상봉마다

해방의 봉불을 피우는 뜨거운 가슴으로

월영동 산번지 번지마다

펄럭이는 흰 빨래의 눈부심으로도 오라

3·15탑 언덕배기에 흐드러진 풀꽃들아

이리저리 뒹구는 마산의 돌멩이들아

오늘 너희들의 참 이름을

온몸 온 사랑으로 불러보고 싶구나

짓밟아도 짓밟아도 뿌리내리는

질경이 마음으로 마산의 마음으로

힘차게 불러 만나고 싶구나

마산아 삼월아 주열아

우리가 오늘 서로 만나
질긴 사랑의 뿌리를 내리며
서로가 서로에게 엉키어 뜨거운 힘을 나누며
살과 뼈를 태우는 고통으로 만나고 싶구나
오라, 마산의 봄이여 내 사랑이여
불타는 한몸으로 만나고 싶구나

개   꿈

마산 수출자유지역이
마산 자유수출지역이
될 수 없을까 그렇게 슬쩍슬쩍
수출과 자유라는 낱말이
그렇게 슬쩍슬쩍 바뀔 수만 있다면

열다섯 어린 내 누이가 달거리도 거른 채
보상받지 못하는 노동의 고통쯤은 문제가 아냐
일본 사장 일본 과장에게 속아
한번쯤 몸을 주면 어때 뭐가 어때
마산의 붕장어 도다리 미더덕을 병들게 하는
내고향 남쪽바다 검은 바다 오염바다
썩어가면 어때

수출을 자유롭게 하는 것보다
자유를 수출할 수 있다면
김주열의 맑은 눈망울 같은 마산의 삼월을

그 해 시월 들불처럼 번지던 마산의 사랑을
삼천리 방방곡곡
이 세상 어느 곳에라도 수출할 수 있다면

마산 수출자유지역 같은
마산의 눈물마저 모두 수출할 수만 있다면
어때 뭐가 어때 임마

겨 울 산

1

새 같았어,
내 몸 속 들끓는 그리움들을 물고 가는

2

젊은 한시절 깊은 우물에 갇혀 바라보던
아득한 하늘 떠가는 흰구름 같았어
온몸에 묶인 굵은 동아줄을 끊고 달려가는
거역의 뻣센 힘살 같았어
그리운 나라 상상봉마다 나팔들이 일어나 울고
두척산, 합포바다, 마침내 김주열이가 우는
마산의 통곡 같았어
장송 둥걸이 분노로 쩍쩍 타는 밤
청청 산맥들이 노여움으로 타는 밤
마지막 살에 살을 부비며

살아서는 돌아오지 못할 먼 길을 떠나는 사내들
사내들의 발목을 동여매는 대님 같았어
불길한 시대를 베는 칼 같았어
섬뜩함이여, 잠든 내 두개골에 내려찍히는
역사의 삽날 같았어
병들고 썩은 육신들을 뚫고 솟아날
무장한 흰 꽃 같았어
죽음 뒤에서야 자유로울 내 사랑 같았어
우리를 깨워 펄럭이는 깃발 같은 저것은
쾅쾅, 곧은 폭포 소리로 일어서는 저것은

봄 소 식

감옥소가 보이는 언덕에서

보내지 못하는 편지들을 모아

종이비행기를 접었다 진종일

황사바람만 속절없이 하늘을 덮었다

친구여 그대가 사는 나라에도 봄은 오는가

이 눈물 같은 봄은 오는가

나는 언덕에 서서 종이비행기를 날렸다

볼가강 위에 배가 떴구나

그 러시아 민요를 낮은

더욱 낮은 휘파람으로 불러보며

아아 내가 날리는 종이비행기들이

그대가 홀로 사는 나라에 닿아

봄소식을 전하여줄 수 있을까

문득 눈을 돌려 마을을 바라다보니

바람에 펄럭이는 흰 빨래들이 눈부셨다

十 月 祭

저물어 한 나라에 시월이 오고
마른 우물 곁에서 두 주먹 불끈 쥐고 울다
큰 사내 주열처럼 소리 높여 울다
오호라 절망 우리나라 어둠 깊으니
거친 노여움들만 꿈틀거리며 살아나누나
합포, 두척, 월영 그런 말들이 가진 노여움들이
분노의 화살로 날아와 박히는구나
붉은 피, 피 흘리는 맨몸의 마산이여
피 흘리는 자유의 싱싱함이여

평산 가는 길

평산 가는 길
이제는 더이상 평산리이기를 거부하는
공단지역에 편입된 창원시 반계동
아스팔트 신작로를 따라

평산 가는 길
엉겅퀴 억새 씀바귀 강아지풀 위로
라면봉지 껌종이 코카콜라 빈 병이 뒹굴고
맑은 개울물은 끊인 지 오래

꺽정이처럼
평산 살다 청석골로 들어간 임꺽정이처럼
한이 많아 한숨만 쉬는 평산의 친구
젊은 농부인 친구가 꿈꾸는 청석골은 어딜까

더운 여름날 평산 가는 길
한 점 바람 한 점 그늘도 없는

창원공단 아스팔트 신작로를 따라가는

무더운 길

마산 엘레지

함안 의령 어느 빈촌이 아니면

함양 산청 그 어느 두메산골

겨우 중학을 졸업하거나

월사금이 밀려 쫓겨난 그해

마산 마산 소문만 듣고

자유수출 창원공단 달콤한 소문만 믿고

달 뜨지 않는 밤

둘둘 삼삼 짝을 지어

꿈에도 그리운 마산으로

마산으로 오는 순이

열넷 열다섯 나이를 속이고

사촌언니 주민등록 초본을 빌어

한 삼사 년 길게는 사오 년

우리나라의 수출 역군이 되어

두고 온 고향 정든 땅 그곳으로

막내동생 철수의 밀린 월사금

아버지의 농협빚 이자 꼬박꼬박 보내지만

어쩌다 일본 사장 가짜 대학생에 속고
더러는 공순이 생활이 너무나 아득하여
마산
마산이 아니면 진해 충무 울산 삼천포
이 다방 저 술집으로
순이란 촌 이름은 벌써 잊어버리고
미스 문 미스 민 다혜 경아 혜리로 떠돌지만
그래도 마산으로 마산으로
어둠을 밟고 오는 순이
그런 순이의 눈물들이 모여 이루는
더욱 커다란 마산의 슬픔 아아
마산 엘레지

월영동 부르스

졸업을 겨우 석 달 앞두고
무슨 죄를 졌는지
후배 성길이 제적이 되어
입대하는 날 새벽
월영동 번개시장 한 귀퉁이에서
우리는 라면을 먹었다
형 좋은 시 많이 쓰고 건강하세요
성길이 태연한 척 나를 위로했지만
눈물에 퉁퉁 불은 라면을
나는 다 먹을 수 없었다
농협돈 빚내어 4학년 2학기
마지막 등록금을 내고 가던
농사꾼 네 아버지 억센 손마디가
아직도 눈앞에 어른거리는데
대핵교 졸업만 하무는
그놈 맨서기보다야 높겠제라던
일자무식 가난한 죄에 한이 맺힌

네 아버지 마음을 네가 모르랴
5남매 중 맏이인 네 마음을 내가 모르랴
초겨울 합포 바다 똥바람이
짧게 밀린 네 머리를 스치고 지나가
마산시 월영동 449번지
우리들의 대학 우리들의 사랑을 흔들고
여기저기 마른 플라타너스 잎사귀가
삐라처럼 휘날렸다
쫓기듯 너는 지프차에 실려 떠나고
떠나며 남긴 너의 깊은 눈빛만 살아
남도의 눈 내리지 않는 삼동 내내
월영동을 노여움에 치떨게 하였다
끝내는 통곡으로 무너지게 하였다

마산 현대문학사를 읽으며

눈 오는 밤 홀로 깨어나
마산 현대문학사를 읽는다
궁핍한 시대의 궁핍한 초상들을 떠올리며
이미 죽어 별이 된 시인들의 이름 밑에
줄을 긋는다
별 하나에 그리운 이름 하나
풀꽃 하나에 그리운 이름 하나
조용조용 호명하는 동안
이승과 저승 사이의 아득한 눈이여
죽어 한 평 반의 나라를 다스리기 위해
살아서 너무나 많은 눈물과 슬픔을 흘려보낸
가난한 황제의 나라에도
오늘 밤 눈이 내리고
마산 현대문학사를 읽는 밤
어둠이 깊을수록 살아 빛나는 시편들은
폭설이 되어 말씀이 되어
젊은 시인의 방 가득

따뜻하게 내려 쌓이고
뒤돌아보노라면
부르튼 우리들의 맨발이여
우리가 슬픔으로 걸어온 길과
또한 사랑으로 걸어가야 할 길이
하나로 만나고 있다

마산전자(주) 우주임의 퇴근기

언제나 늦은 퇴근길
바람만 따라와 함께 걷는다
언제나 시대와 역사의 힘은
가진 자들과 함께하고
우리 몫으로 남겨진 분노와
끝없는 혁명의 꿈에 대해 생각하며
멀리 교방동 144번지
낮은 처마 밑으로 새어나오는
마산 변두리의 궁색한 불빛들
남북통일보다 올림픽보다
아파트가 소원인 만삭 아내의 꿈을 본다
참담하군,
미로처럼 얼킨 산동네 골목길을 따라
이 시대처럼 이리저리 휘어지다
습관인 양 홍씨네 전파사 앞에 발이 머물고
멸공!! 두더지 잡기를 만난다
거부할 수 없는 쾌락의 인력

일백원을 넣으면 기습적으로 솟아오르는
두더지 두더지들
나는 손바닥에 물집이 잡히도록
멸공!! 두더지들을 두들겨팬다
생각할수록 더욱 막막한
팔십년대의 증오, 욕설, 저주,
끝없는 갈증으로 목이 마르고
망할 두더지여
즐거운 보너스 게임을 위해
거부 없이 죽어다오 죽어라 적이여
두더쥐를 잡는 이 순간만은
나도 당당한 시민이 된다
매달 쏟아져나오는 세금 고지서들을 잊고
집권당 대표의 부정축재 이야기며
분신 자살한 대학생
외채 이야기도 잊고
교묘하게 숨는 두더지를 잡는

즐거운 폭군이 된다
그러나 단돈 일백원으로 누릴 수 있는
소시민적인 쾌락도 잠시
이 나라 이 땅 위에
영원한 폭군이 있을 수 없듯
나도 영원히 두더지를 잡지 못한다
만사형통의 2000년대는 아직도 멀고
홍씨네 전파사 칼라 TV로 중계하는
프로야구 야간경기를 뒤로 하고
밀감 한 봉지를 챙겨들고 서두르는
언제나 늦은 퇴근길
갚아야 할 돈 생각이*
희망마저 괴롭히는데*

　　＊ 우무석 시인의 시 「작은 공장에서」 인용

눈 온 새벽

어느새 새벽 나라에 닿았네
남도의 눈이 귀한 항구도시에
자정 지나자
두척산을 넘어오는 설군이 함성을 지르고
저 낮디낮은 변두리 마을의 지붕인들 어쩌랴
마산의 마음인들 어쩌랴
사방 일백리에 백기가 펄럭이고
정벌당한 채 설국의 새벽에 닿았네
비로소 평등의 나라에 닿았네

鳳林의 대나무밭이 되어

창원대학신문 창간 6주년에 부쳐

바람이 지나가며 전하는 하늘의 말을

풀잎들은 온몸 흔들어 다시 알리고

파도로 밀려오며 전하는 바다의 말을

해벽은 스스로 깎이며 무너지며 다시 알린다

오늘 이 땅에 살아가는 젊은 지성들의 슬픔

그 슬픔의 눈물처럼 빛나는 서정이며 사랑이며

때로는 한없이 절망하고 한없이 분노하는 이 한 시절을

누가 시대의 비망록에 기록해줄 것인가

밤을 새워 이미 죽어 별이 된 시인의 시를 읽으며

어느 누가 힘찬 목대궁을 열어 오는 새벽을 알릴 것인가

세상의 진실이란 대나무밭에 당나귀 귀가 되어 묻혀 있

나니

오늘 봉림의 기슭에 여섯 그루의 대나무로 서는 그대여

그대들의 사랑이며 자유인 대학을 우리는 기억하나니

그대들 마디마디를 잘라 피리가 되어

높고 고운 목청으로 세상의 모든 사랑을 노래하라

그대들 마디마디를 잘라 쥘부채 살이 되어

세상의 모든 자유를 힘찬 바람으로 불게 하라

바람이라면 백두에서 한라까지

이 땅의 모든 산맥들과 섬들이 휘날리도록 부는 바람이
되어

그리하여 대나무 밭에 묻힌 진실을

임금님 귀는 당나귀 귀 임금님 귀는 당나귀 귀

온몸을 흔들어 대답하고 온몸을 흔들어 전하라

오늘 봉림의 기슭에 여섯 그루의 대나무로 서는 그대여

질긴 뿌리와 씨앗을 뿌려 봉림의 대나무밭을 이루는 날

그대들의 목소리 쟁쟁히 울려퍼지리라

세상의 모든 진실과 사랑은 환하게 밝혀지리라

세상의 들을 귀 있는 자 모두 듣게 되리라

어둡기 전에

어둡기 전에 등불을 켜자 나의 형제여

오래지 않아 밤이 오고 어둠이 깊어지려니

그리운 그 나라로 가는 길이

어둠에 지워지기 전에

대청마루 환하게 등불을 켜자

그리하여 새록새록 잠드는

풀꽃들의 숨소리를 따라

청청 산맥들이 우렁우렁 잠드는 소리를 따라

어둠과 밤의 끝을 지나 새벽 나라로 가자

바람을 만나면 바람으로 흐르다

풀꽃 가득 맺혀 있는

고운 이슬의 눈동자에 숨어 새벽을 기다리자

물을 만나면 낮은 곳의 물소리로 흐르다

나무의 뿌리를 타고 솟구쳐

동녘 하늘 별로 떠오르자

저 어둠의 끝에

우리의 새벽이 기다리고 있으니

그곳엔 이슬을 머금은 싱싱한 자유의 아침이
남북으로 힘차게 달려가는 한몸의 젊은 조국이
아직도 우리를 기다리고 있으니
찬란한 새벽 온몸으로 맞이하기 위하여
어둡기 전에 등불을 켜자 나의 형제여

농부의 마음으로

빈 들을 가꾸어 씨 뿌리는
농부의 마음으로
역사와 분단의 험한 밭을 일구는
교사의 마음으로
이 땅의 낮고 어두운 곳의
우리 이웃들과 함께
우리 시대의 거친 들을 일구어야 하리라
나의 형제여
오랜 겨울의 끝으로
찬란한 봄이 당도하듯
달 가고 해 돋는
자연의 순리를 막을 수 없듯
오늘 우리가 땀흘리며 일구는
이 험한 들에
스스로 고난과 혁명의 씨를 뿌릴
우리 형제들을 위해
저물도록 마른 흙을 부수고

거름을 만들며
떠도는 바람들은
푸른 풀잎의 영롱한 아침 이슬 끝에
싱싱히 머물게 해야 하리니
나의 형제여
오늘도 우리가 땀흘리며 일구는
이 거친 들에
자유와 지성의 빛나는 씨를 거둘
먼 형제들을 위해
빈들을 가꾸어 씨뿌리는
농부의 마음으로
우리의 더운 가슴
넉넉한 거름으로 썩혀야 하리라
우리나라의 좋은 거름으로
푹푹 썩어야 하리라

제 4 부

팔십년대와 시인 1

때로는 침묵하기로 하자 팔십년대여
입 속에서 말이 썩는 냄새가 난다
이빨 틈새에 끼인 허언의 맹세가
덜 익은 사유와 형식이, 민주주의가, 욕설이
밥알이며 찌꺼기 등과 함께 썩고 있다
내가 하는 말에 대해, 시인인 나는
내가 신봉하는 이즘이나 주의, 법칙에 대해
한번쯤이라도 심사숙고하는가 세상만사 앞에
또 얼마나 정직한 자세로 서 있는가
시를, 나의 시를 읽을 때마다 헛구역질이 일고
내 입 안에 갇혀 썩은 말들이 쏟아진다
팔십년대여, 시인이여
내가 향유한
팔십년대의 범람이 썩어 넘친다
다변의 팔십년대여, 악성이여, 가짜여
떠밀려가리라, 우리
썩어 문드러지리라

우리가 우리를 부정할 시대가 오리라

우리의 주검 위로

침묵의 빛나는 시대가 오리라

팔십년대와 시인 2

죽음 앞에서도 나의 시는 당당할 수 있을까
한 목숨 초로와 같이 훌훌 털고 승천할 수 있을까
늦은 퇴근길 서점 한 귀퉁이에 쪼그려 앉아
다달이 쾅쾅 쏟아지는 시의 홍수 속으로
휩쓸려 흘러가고 있는 나의 시를 읽으면
어느 월간지에 실린 나의 시를 읽으면
참으로 이상하다 내 시 속의 슬픔은 슬픔대로
분노는 분노대로 제각기 물 아래로 흘러가고
팔십년대 또한 요란한 소리를 내며 홀로 흘러가고 있다
내 귀는 이내 이명으로 어지럽고
어지러울 때마다 기댈 난간 하나 없는 변방에서
매천이여 그대의 절명시를 떠올린다

秋燈掩卷懷千古
難作人間識字人*

부끄럽다 조국의 별로 떠오르길 바라는 나의 시는

단 한번의 사유도 뉘우침도 없이 흘러가고

매천이여 매천이여

거친 물굽이를 세차게 돌아가는 팔십년대의 혼돈 속에

나의 시는 어떤 자세로 서 있어야 하는가

부끄럽다 팔십년대여

작은 풀잎 하나 흔들지 못하는 나의 노래여

* 매천 황현(1855~1910)의 절명시 중 '가을 등불 아래서 책을
  덮고 지난 역사 생각해보니 인간세상에 글 아는 사람 노릇 어
  렵기만 하다'라는 구절임.

미 해군 군사고문단 앞을 지나며

한줌 햇살마저 바람에 날려
더욱 춥고 아득한 한반도의 겨울 아침
분명 내 나라 내 땅에서
경상남도 진해시 여좌동이 아닌
캘리포니아 주소를 당당히 가진
미 해군 군사고문단 앞을 지나며
철조망에 기대어
톰과 조이를 한없이 기다리고 있는
내 누이들의 짙은 화장 속에서
추잉껌과 초콜렛을 바라며
올망졸망 모여 있는
산동네 어린 형제들의 누런 버짐 속에서
봄은 참으로 멀게 느껴집니다
우리가 다 함께 기다리는 꽃피는 봄은
아득히 멀기만 합니다
철조망 하나로 우리와 나누어져 있는 저곳은
쌀이 많은 나라 미국

우리를 지배하는 힘의 땅

모국어의 아름다움을 배우기도 전에

흑인 병사들을 향해 작은 고추를 내보이며

원 달러 기브 미

씹던 껌도 오케이를 외치던 내 유년이

미 국경일 밤마다 하늘을 수놓던

오색찬란한 불꽃놀이를 바라보며

오 원더풀 미국으로 가고 싶다던 누이의 꿈이

저기 겨울바람에 펄럭이고 있는 성조기처럼

지금도 철조망 여기저기에 걸려

치욕처럼 펄럭이고 있읍니다

미 해군 군사고문단 앞에는

고문처럼 혹독한 한반도의 겨울이

아직도 머물고 있읍니다

순대국밥을 먹으며

삶이 그대를 속일지라도 슬퍼하거나 노여워하지 마라*
낙향을 결심한 후배와 함께 추적추적 내리는 봄비를 맞으
며 경남은행 옆 순대골목으로 가 조금은 이른 저녁을 먹
는다 붉은 고춧가루를 듬뿍 뿌려 순대국밥을 먹는다 한
그릇의 순대국밥을 놓고 후배의 식욕은 쓸쓸하다 드는 둥
마는 둥 꺾어진 젊은 시절의 퍼런 절망이 쓸쓸하다

나는 안다 돌아갈 그의 고향 주소와 농투사니로 살고
있는 빈농인 그의 부모를 기부금이 없어 돌아온 그의 이
력서와 중등학교 2급 정교사 자격증을 나는 안다 마지막
남은 전답을 팔아 농협빚으로 마친 지방 국립대학 4년을
이제 돌아가도 볍씨 한 톨마저 뿌릴 땅이 남아 있지 않음
을 안다 아니다 아니다 나는 모른다 가슴 속 깊이 강물처
럼 흐르고 있는 그의 슬픔의 눈물을 험산처럼 서 있는 절
망의 날카로운 분노를 흰 손이 부끄러운 나는 정말 모른
다 아무 말도 못한 채 나는

열심히 순대국밥을 먹는다 하루의 지친 노동에서 거친
일터에서 우리의 건강한 이웃들이 낮고 어두운 이곳으로
찾아와 배부른 사람들이야 거들떠보지도 않을 기름이 둥
둥 뜨는 순대국밥을 찾는다 비로소 순대국밥집에 30촉
백열전구가 켜지고 이웃들의 터진 손등과 주름진 이마가
따뜻하게 살아난다 희망으로 꿈틀거리는 청동빛 근육들이
살아난다 어느새 후배는 열심히 순대국밥을 먹는다 그들
과 더불어 좌절된 꿈을 다시 우걱우걱 씹는다 그래 믿어
야지 믿고 살아야지 고난의 날이 가면 새날이 찾아오리
니*

* 푸시킨의 시에서 인용.

여 름 산

여름산이 솟아오른다
집과 집 사이로 불쑥불쑥
사람과 사람 사이로 불쑥불쑥
이 땅에 붙박인
거대한 절망과 고통을 밀치며
힘차게 여름산이 솟아오른다
검은 도시와 거친 일터 위로
푸른 활시위를 당기며
저 녁녁한 힘으로 솟아오르는 여름산이여
너는 고요하게 타오르는 푸른 불꽃이다
활활 타오르고 싶은 아침
땀과 매운 연기로 얼룩진
우리 시대의 남루한 속옷을 벗고
싱싱한 알몸의 자유로
그대와 함께 솟아오른다
바라보노라면 산이여 여름산이여
나는 온몸 가득 힘이 솟는다

임 방 울

그대 노래가 끝나는 곳에 폭포 하나 흘러가더니, 어두
운 밤일수록

번득이는 비수이며 아픔인 노래는 장백산맥 아래 제일
높은 산 한 채 끌고와

잠 못 드는 시인의 장지문에 산그리메 남기더니,

더러는 개마고원 만주 시베리아 더 먼 곳의 벌판 끌고
와 온밤 내 바람소리,

굶주린 들개 울음소리 몰아치게 하더니, 어허야 죽어서
도

하늘로 가는 그대 노래는 백두에서 한라까지 뿌리 잃고
떠도는

이 땅의 눈물 모아 시뻘건 강물로 쿵쿵쿵 흐르게 하더
니,

4개의 꼬임을 위하여

양 변 기

양변기는 나를 절망하게 하지
좋은 거름 싱싱한 채소에 감사하며
똥 앞에 무릎 꿇던 우리나라 사람들
드문드문 얽힌 뒷간 지붕 틈새로
비 오면 비에 젖고 눈 오면 눈을 맞고
밤에는 별을 보고 시심에도 젖어보던
고 기막혔던 이 땅의 마지막 풍류
이제는 하찮은 똥덩어리 앞에
무릎 꿇어서는 안돼 허리를 펴고 바로 앉아
하수구 정화조 싱크대 막힌 곳을 뚫습니다
쏴아 이것이 문화이다 저 홀로 신나는 물소리
양변기를 볼 때마다 편의를 짓뭉개는
나의 아메리카 콤플렉스
양변기에 앉아 모두다 문화인이 되시압

시인과 장군

하늘에는 별보다 시인이 우글거리는 우리나라
땅에는 시인보다 별들만 반짝이는 우리나라

하루살이 戀歌

우리에게 내일이 없어요
그저 살아있는 이 순간 모두
당신네 자유처럼 소중하기만 해요
영원히 사랑하리라
그 끔찍한 약속은 할 수 없어요
저녁 어스름 밀리는 논두렁 부근
짚단 태우는 연기와 더불어
제기랄 태어나면 뭘 해요
태어나는 그 순간이 시작이에요
윙윙거리는 그 시작이 끝이에요

부모도 형제도 족보도 없어요
공화국도 시인도 대통령도 몰라요
죄송해요 태어난 게 잘못이에요
그러나 영원히 사랑하리라
그 끔찍한 약속은 할 수 없어요

꽈 배 기

꽈배기를 만들며 슬픔을 생각한다 어디
꼬여져 슬픈 것이 꽈배기뿐이랴
민둥산 황토 깊숙이 누운 드렁칡도 얽혀
슬프고 똥간 오줌통에 잠긴 새끼줄도 설켜
슬프지만 대야동 산 일번지 백열전구 불빛 궁색한
산동네 병든 아내며 월사금이 밀려 등교하지 못한
어린 아들 모두 모여 경화 응동 명지장으로 팔러 갈
꽈배기를 만들며 밀가루 설탕 눈물 한숨 할것없이
모두 얽히고 설키나니 밤을 지내는 화물차 소리에 놀라

한미합작 굳게 악수한 밀가루가 대수냐
지금 이 시간 남들 다 보는 달동네 연속극이 대수냐
손바닥 가득 퉤퉤 침이나 바르며 꽈배기를 꼬지만
꽈배기처럼 이리저리 꼬여지는 우리네 인생이
무엇인지 가슴 깊숙이 차오르는 알 수 없는 이 분노가
무엇인지 늦은 밤 꽈배기를 만들며
생각한다 이 땅의 더 큰 슬픔과 우리들의 눈물과

먼   길

광주 출정가

먼 미명이 온다 아들아
이제 작별할 시간이다
내 품안에 안겨 잠든 모습 보며
다시 만나지 못할 마지막
너의 살에 살을 부비며
간다 살아서는 돌아오지 못할
먼 길을 간다 아들아
어둔 시대 고난의 등짐을 지고
하얀 산맥을 타고 떠나는 길
바람이 불면 바람으로
폭설이 지면 폭설로
조국으로 가는 별자리를 따라
이 땅의 젊은 아비들이 떠나는 길
어둠이 내리면 아들아
산그늘에 몸을 눕히고
너의 살내음을 기억하리라
밤새 들개 우짖는 소리

돌아가지 못한 흰 촉루들의 울음소리
열 손톱 밑으로 대못 꽂히는
그리움의 고통이 찾아올지라도
새벽이면 먼 동쪽
젊은 조국의 하늘 위로 떠오르는
푸른 별을 껴안으며
활활 불타오르려니
기억해다오 아들아
평정의 먼 훗날까지
혁명과 고난의 등짐을 지고
이 땅의 젊은 아비들이 떠난 길을
노래해다오 아들아
빛나는 모국어로 노래해다오

완장과 여름
월당 당숙모님의 운을 빌어

참으로 숭한 여름이었제 그해 여름은

월당리 웃마실 아랫마실 할 것 없이

네 당숙이 차고 돌아온 붉은 완장으로

왼통 붉게 타올랐제 세상이 바뀌었다고

해방이니 인민이니 알지 못할 말들만

새벽 우물가로 분주히 흩어지드니

한몸의 한형제가 서로 나누어져

월당리 인민위원회로 변해

윤진사댁 종가 재실 위로 붉은 기가 오르고

그해 여름은 유난히도 길고 무더워

어서어서 가을이 오기를 빌었제

참으로 숭한 이 여름이

높재 넘어오는 마파람에 떠나가

만펑들 너른 들에 나락 익는 것이 보고 싶었제

한몸의 한형제가 등을 돌린 채

웬수처럼 시달리는 이 난리도 떠나가

우리가 늘 믿고 살아온 지리산 상상봉에

네 당숙이 차고 돌아온 웬수의 붉은 완장이
가을 단풍으로 뚝뚝 지는 것을 보고 싶었제
참말로 참말로 보고 싶었제

겨울 꼬장도

바다로 나가는 길이 묻혔다 물안개
자욱하게 젖어 흐드러진 방파제 부근
희미한 칸델라 불빛 위로 참담하다
참담하다고 무너져 쌓이는 늦하늬 눈보라
어업 한계선 저 밖의 모든 바다풀
뿌리마저 예감으로 잠재우고
끝내는 머리 풀어 폭설로 내리는가
남정네 명태출어 기다리는 꼬장도 이녁들
숙명처럼 가난한 전생애가 얼고
이 고장 사내들의 억센 사투리가 얼고.
뭍으로 나가 막일이라도 해야 한다 우리는
하루에도 몇번씩 다짐하지만
동해에서 길들여져 해일처럼 솟구치는
이 한철의 주정 다스리지 못해
어협 창고 옆 비린내 나는 골목길
어둠처럼 몰래 빠져들어가
등대집 과수댁 박하분내에 미쳐

독한 밀주의 내음에 취해
하릴없이 밤늦도록 화투만 치고.
우리들보다 먼저 바다에서 죽은 친구들 이름과
이제는 얼굴조차 기억나지 않는
파시를 떠돌다 간 갈보들 농지거리 생각하면
아아 세상 사는 것이 왜 이 모양인가
답답한 가슴 치며 안주도 없이 술을 마신다
눈은 오래도록 내리고 내려
해안의 모든 풍경들을 포근히 덮어주지만
이제 제철인 명태 생각과
시린 겨우살이 걱정들은 덮지 못하는구나
육자배기나 불러라 이런 밤은
쉽사리 잠도 오지 않는다.

학동포에서의 일박

박봉환에게

갈치어장은 이미 끝나가고 있었다 학동포
오랜 헤매임에 지쳐 우리가 가 닿은 바다 학동포
낮은 양철지붕 아래 더욱 낮게 새어나오는
어막의 비린 불빛을 따라 걸어가
바다 사내가 되고자 희망했을 때
완강하게 거부하던 자정의 바다
해안에 널려 있는 마른 갈치의 비린내처럼
완강하게 거부하던 바다 학동포
기억하는가 그대 절망으로 퉁퉁 불은 라면과
까닭없이 욱욱 솟구치던 구토를
무학소주를 마시며 흑산도 어장을 이야기하는
바다 사내들의 억센 사투리에 홀려
더 먼 동지나해를 꿈꾸었다 학동포
우리의 잠 속으로 싸늘한 서치라이트 불빛만
비수처럼 날아와 꽂히고
우리가 가 닿아 편안히 잠들 수 있는
그 마을은 어디에 있는 것일까

병처럼 깊은 그리움으로 보내지 못할 엽서를 적으며
두고 온 내륙의 불안한 안부를 그리워하며
서로의 사랑과 슬픔을 나누어 가졌던 바다 학동포
밤새 자갈 쓸리는 소리에 뒤척이며
지명 수배자의 잠은 퍼렇게 멍이 들고
신새벽 먼 바다에서 귀향하던 자욱한 갈치배 소리
갈치배 소리 꿈처럼 아득하였다 학동포

5개의 變奏

禪

뜨락으로 바람은 불고 있느뇨
영산홍 붉은 꽃대공 속절없다
속절도 없다 하염없이 지고 있는데
法도 말씀도 없는 곳에
무삼일로 햇살은 진종일 놀다
西으로 西으로만 가느뇨

마음비우기

마음은 비워야지
禪으로 가는 십만 팔천 리 길
몸 속 깊은 綠을 닦듯
무릇 비워진 잔만이
淸翠 고운 빛깔의 茶를 만나듯
비워지고 비워진 마음 한 끝
詩三百 다음의 향기 돌아올 때까지

빈들에서

어둠 다음에는 무엇이 오느냐
저무는 빈들에 서면 이내 어둠이 몰려오고
바람만 자욱하다 풀들
雜木들 길게 흐느낀다
비로소 빈말 빈몸으로 살아온 날들을 뒤돌아보느니
용서해다오 용서해다오 사람들아
아무 이유도 까닭도 없이 속죄하고 싶어진다

그 리 움

서리 내린 논두렁 밟고 성큼 달려온 바람
바람의 목쉰 소리에도
기인 동지 섣달 눈뜨고 지내는 사람
관솔불 밝혀도 애간장 훑는 치운 계절
봉두난발로 서 있는 당신은 누구십니까

아 버 지

아버지는 어두운 밤 홀로 비수를 갈았다
서걱서걱 내 잠이 베어졌다
달은 뜨지 않았다 그래서 바람조차 불지 않았다
간혹 무리지어 죽어가는 牛馬들의 비명이 들렸다
나는 자꾸만 비겁해져갔다 아버지
서걱서걱 날빛에 절망만 섬세히 잘려나갔다

기다림에 대하여

기다림이란 이렇게 아름다운 것일까
늦은 퇴근길 107번 버스를 기다리며
빈 손바닥 가득 기다림의 시를 쓴다
들쥐들이, 무릇 식솔 거느린 모든 포유류들이
품안으로 제 자식들을 부르는 시간,
돌아가 우리 아이들의 이름을 부르고 싶다
부르고 싶다 어둠 저편의 길들이여
경화, 태백, 중초마을의 따스한 불빛들이여
어둠 저편의 길을 불러 깨워
먼 불빛 아래로 돌아가면, 아내는
더운 밥냄새로 우리 아이들의 이름을 부르리
아이들은 멀리 있는 내 이름을 부르고 있으리
살아 있음이여, 살아 있음의 가슴 뛰는 기쁨이여
그곳에 내가 살아 있어
빈 손바닥 가득 기다림의 시를 쓴다
푸른 별로 돋아나는 그리운 이름들을 쓴다

장   마

1

삼남에 우군들이 당도한다
머리에 흰 띠를 맨 갑오년 장정들이
차령산맥을 넘어 죽죽죽 당도하고
세상만사는 이내 물이 되어 정벌당한다
우리가 물이 되어 함께 흐를 수 있다면
큰 힘으로 함께 흘러갈 수 있다면
큰 비 오는 날 청산 속으로 들어가
푸른 슬픔 푸른 목소리로 더 큰 비 부르리
사람들아 사람들아

2

스며든다, 황토 깊은 곳으로
내 그리운 병처럼 깊은 사랑의 큰물은
한반도 척박한 땅마다 유정히 피는 풀꽃
저 푸른 풀꽃들을 일으켜세우는

청청 푸른 힘살이 되기도 하고
흐르고 흘러 넓고 깊은 바다에 닿아
큰 소리로 운다
한 천년 참았다 우는 울음 운다

주남 저수지

주남 저수지에 와서
죽어 썩어가는 철새들의 주검과
등이 휘어진 기형 물고기들을 본다
우리나라 애국가 속으로
무궁화 삼천리 화려강산 속으로
무리지어 힘차게 날아가던 저 새들이
딸아이의 동화 속에서
함께 춤추고 노래하던 어린 물고기들이
여기저기 죽어 떠다닌다
보아라 어느 시인이
물의 안식과 사랑을 노래할 것인가
기쁨과 평등과 희망이 출렁이던 물에는
수은 납 구리 카드뮴 아연이 녹아 출렁이고
마산 앞바다에서 온산에서 금호강에서
아프다 아프다 하며 죽어가는 물과 강과 바다
이제 새와 물고기들은 우리 곁을 떠나리라
시인은 더이상 아름다움을 노래하지 못하리라

들과 산이 마르고

나무들 또한 꽃피고 열매 맺지 못하리라

병이여 깊은 이 강산의 병이여

날개 꺾인 새들의 울음소리

등뼈가 휘어지는 고통의 소리

내 몸 속에서 내 몸이 썩어 들끓어오르는

저주와 회한의 소리 듣는다

주남 저수지에 와서

오늘도 나는

　바람이 저 홀로 쓸쓸한 날이면 나는 우리 도시에서 제일 높은 산, 결코 높지 않은 그 산으로 올라갑니다. 시시한 전설이나 낡은 옛이야기 하나 남기지 못한 민둥한 산정을 향하여 푸른 잎들이 쌓여 있는 작은 개울을 건너고 어둔 너도밤나무숲을 지나는 동안 단 한번의 망설임 혹은 뒤돌아봄 없는 익숙한 산행, 익숙하여 나의 산행은 늘 쓸쓸하였습니다. 그러나 나는 느끼고 있습니다. 이미 낡고 오래된 시시한 풍경이거나, 부를 수 없는 잊혀진 이름들일지라도 나의 울타리가 되고 이 도시의 튼튼한 벽이 되고 좋은 향기와 색채가 되고 있음을, 우리가 지니고 살아가는 살과 뼈처럼 이미 버릴 수 없는 우리 자신의 일부분임을.

　끊일 듯 끊어지지 않는 오솔길을 타고 올라 낮은 산정에 서면 나는 하릴없는 이 시대의 하느님처럼 근엄해져봅니다만, 내 발 아래에는 내가 아무것도 남긴 것이 없는 도시와, 접시 속에 잠긴 듯한 이 도시의 작은 바다가 보였습니다. 드문드문 잘 집에 드는 새들의 날개 접는 소리가 들리고 마을의 그리운 불빛들이 하나씩 둘씩 돌아올 때 나는 천천히 산을 내려옵니다. 산을 내려오는 동안 산과 숲과 길들은 어둠 속으로 낮게 무너지고, 무너져 우리를 둘러싸는 친근하고 따뜻한 무형의 부드러움이 되고 있습니다. 어둠에 묻혀 사라지는 나무며, 바위, 무덤, 작은 풀꽃들이여. 나는 이 세상 가장 소중한 것들의 이름을 부르듯 새벽이면 새로이 태어나 우리의 사랑이 되고 그리움이 되는 그 이름들을 연연히 불러주었습니다.

5월, 미나리타령

그 숭한 오월은 가고 속절없이 다 가고

저 너른 미나리꽝에 하얀 미나리꽃

미나리야 미나리꽃 너 홀로 피냐

하이얀 미나리꽃 눈물만 나네

저물도록 김 매다가 홀로 돌아오는 길

지친 몸 이끌고 미나리꽝에 섰어라

오월 밤 총소리 따라 출병한 아들

죽었는지 살았는지 막막한 풍문

저 잘난 미나리꽃 흐드러지면 뭐하누

유정해라 유정해라 하얀 꽃대궁

미나리야 미나리꽃 너 홀로 피냐

하이얀 미나리꽃 눈물만 나네

■ 跋文

천진성의 시인

정 파 리

발문을 쓰기 위해 정일근씨의 시들을 모아 읽으면서 나는 훈훈한 회상에 젖는다. 회상의 한쪽 면은 뜻을 알 수 없는 새된 소리들, 이리저리 몰려다니는 사람인지 짐승인지의 다급한 움직임, 그리고 오로지 직선들뿐인 길이가 들쭉날쭉하고 어지럽게 겹쳐지고 흩어진 선들이 뒤범벅이 되어 시커멓게 착색되어 있고, 그 캄캄한 무의식이 끝나는 곳에 총을 어깨에 건 군인이 들고 나는 사람들과 차량들을 통제하는 위병소가 흐릿하게 나타난다. 그곳에서 등을 돌리면 곧게 뻗은 큰길이 멀리 나 있고, 아직 추슬러지지 못한 마음이 거리의 끝을 몰라하는 동안 몸은 어느새 조그만 오거리에 다다른다. 오거리의 왼쪽 모퉁이엔 '오복식당'이라는 양철 간판을 단 밥집에서 쉼없이 고개가 흔덕거리는 할머니와 노인의 과년한 딸이 찌그러진 양은쟁반들에 부지런히 밥과 찬을 올리고 있고, 그 왼편 옆의 '창' 무슨 상회의 수다장이 아줌마가 파는 소주나 막걸리를 들고 있는 사람들이 걸터앉은 평상을 지나 오른쪽 골목으로 들어서면 상점과 맞붙은 허름한 슬라브 건물을 만난다.

회상은 갑자기 꼬불꼬불한 장복산길을 올라가는 버스를 비

춘다. 봄이면 양 옆으로 벚꽃이 흐드러지게 피는 오르막길이 다 된 듯 싶을 때 버스는 문득 멈추고, 철모로 눈을 아슬아 슬하게 가린 헌병이 올라선다. 줄이 날카롭게 선 바지의 발 목께에 감추어져 있는 쇠 링의 찰랑거리는 소리가 가까와질 수록 내 마음도 덩달아 크게 울리고 되돌아가는 발짝 소리 가 "수고하십시오"라는 사람의 육성으로 바꿔었을 때면 버스 는 벌써 터널을 들어서고 있다. 터널 밖은 여전히 꼬불꼬불 한 폭 좁은 길이지만 시야가 트여 건너편 산에 무리져 있는 진달래며 나무들 혹은 지난 장마에 무너져 벌겋게 모습을 드 러낸 늙은 흙들, 그 아래로 소 서너 마리가 풀을 뜯는 소규 모 목장들을 볼 수 있다. 산길을 다 내려간 버스는 양곡의 공단 아파트 단지를 지나 창원과 마산의 갈림길에 이르러 마 산으로 가는 왼쪽 길로 꺾어든다. 바로 다리를 지나 왼쪽으 로 마산 수출자유지역을 끼고 얼마간 달리면 또 다시 오른쪽 으로는 고속터미널과 마산역으로 빠지고 왼쪽으로는 수산시 장과 중심가를 향한 삼거리에 다다른다. 내 마음은 오른쪽의 고속터미널에서 상행 버스에 오르거나 왼쪽의 수산시장 근처 에서 큰 몸집만큼 마음이 넓은 한 친구와 아구찜이나 미더덕 을 안주로 시켜놓고 소주잔을 기울이고 있다.

 회상은 아까의 슬라브 건물로 되돌아간다. 돌쩌귀가 닳아 벌어져 두 개의 문짝이 잘 맞물리지 않는 문을 열고 들어가 면 벽 쪽으로 녹이 슨 철제 책상들, 캐비넷, 칠판, 달력 등 이 놓여 있거나 붙어 있고, 가운데엔 군데군데 올이 터져 스 폰지가 흉하게 나온 비닐카바의 낡은 소파에 알 만한 사람들 이 앉아 한담을 나누고 있다. 그 사람들의 등 너머로 복도 가 좁게 패어 있는데 복도는 왼쪽으로 꼬부라져 있고 따라 돌아가면 세 개의 크고 작은 교실이 나타난다. 어느 교실이 든 삐걱이는 판자문을 열고 들어가면 맞은편으로 태반이 귀 퉁이가 깨지거나 금이 간 유리창들에 몇 명 되지 않는 아이

들이 졸린 눈을 책상에 주거나 옆자리의 동무와 장난하는 것
이 비추인다. 그들이 때때로 화들짝 놀라며 주목하는 곳엔 수
산시장에서의 그 친구가 언제 왔는지 국어를 가르치고 있다.
　내가 정일근씨를 처음 만난 것은 같은 부서에 근무하는 동
료들에게 등을 떠밀려, 특별활동 시간의 문예반을 맡기 위해
그곳에 갔을 때였다. 객지에서 동류를 만났다는 반가움 때문
이었는지 나는 그가 이끄는 대로 술집으로 직행하였고, 조금
이라도 서로 공유하고 있는 사항이면 무엇이든 들먹거려 둘
사이에 방금 맺어진 끈을 굵게 하기 위해 부산을 떨어댔다.
　첫인사 이후 정일근씨는 사방으로 나를 불러내었다. 진해
에서는 나의 동료이며 간이학교의 교무주임을 맡고 있었던
국사학도 이만형과 셋이서 지금은 그 이름을 다 잊은 숱한
술집을 순회하였고, 마산에서는 그를 통해 시인 이선관 선생
을 비롯하여 수많은 마산의 문학인들을 알게 되었다. 수많
은? 그렇다. 이 조그만 도시가 문학하는 사람들로 바글바글
끓고 있다는 것은, 그들이 하루가 멀게 각양각색의 사업들을
벌이고 깨고 다시 벌인다는 것은 나에겐 일종의 경이였다.
나는 정일근씨를 따라 시낭송회로, 시화전으로, 동인지 출판
기념회로, 소설가 모씨가 개장한 소극장으로 한정없이 쏘다
니며 구경을 하였다. 고향인 대전에서도, 문학수업 시절을
보낸 서울에서도 거의 겪지 못했던 이른바 문학판을 생면부
지의 마산에서 물리도록 맛본 것이었다. 사람 사귀기에 익숙
하지 못한 나로서는 여간 신경쓰이는 일이 아니었으나, 나는
왠지 그러한 쏘다님이 귀찮거나 싫지 않았다. 아마 정일근씨
가 일으킨 그 바람에서 사람들과의 사회적 교류보다는 유년
의 신명남을 느꼈던 모양이었다. 그리고 그것은 상당 부분
정일근씨의 뒷속없는 천진스러움에서 기인했던 듯싶다. 그가
친구들을 몰고 다니며 술판을 벌일 때나, 백일장에서 물경
삼십여 번을 수상했다고 으스댈 때나, 말주변 없는 나를 붙잡

아놓고 동인지 『마산의 시학』 1집 출판기념회에서 강연을 하라고 졸라대었을 때나, 나는 그에게서 허세와 과장과 무리를 보기보다는 세상이 자못 신기하고 즐거워 일을 벌리지 않으면 근질근질한 몸을 참지 못하는 천진한 소년의 마음을 느꼈던 것이고, 덩달아 나도 모르는 사이에, 간혹 곤욕을 치르면서까지(하기야, 술만 취하면 잠에 곯아떨어지는 나 때문에 그가 겪은 곤욕을 생각하면 피장파장이 아닌가), 그의 신나는 모험에 기꺼이 동승했던 것이리라. (글쎄, 이 타인에의 호감을 구실로 나는 답답한 일상을 벗어나려는 내 이기적 욕망을 채운 것은 아니었을지……)

시들을 읽으면서 나는 다시 그의 천진스러움을 느낀다. 그 천진성은 정일근씨에게 있어서, 단순성의 마음의 다른 이름이다. 그의 시들에 흰색, 푸른색, 파란색, 붉은색 등 본디 빛깔들에 의한 비유가 자주 나타나는 것은 그것을 잘 보여준다.

i) 푸른 하늘 푸른 새를 꿈꾸는 우열아
———「바다가 보이는 교실 6」 부분

ii) 바람에 펄럭이는 흰 빨래들이 눈부셨다.
———「봄소식」 부분

iii) 붉은 피, 피 흘리는 맨몸의 마산이여
피 흘리는 자유의 싱싱함이여
———「十月祭」 부분

iv) 버릴 것 하나 없는 가을의 깊고 푸른 서정 속으로
———「가을 驛舍에서」 부분

이 본디 빛깔의 세계는 정일근 시의 바탕이며 지향이기도 하다. 인용문들에서 보이듯, 그 세계는 시인의 마음을 눈부시게 하고(ii) 설레게 하며(iii) 그윽하게 침잠하게 하는(iv)

꿈의 세계(i), 즉 지향의 세계이다. 하지만 동시에 그 본디 빛깔들은 지향의 실체 자체가 아니라 그 실체에 대한 형용어들이다. 형용사는 마음의 분위기를 의미화하는 언어이며, 특별한 형용어들의 되풀이된 사용은 시인이 그것들이 엮어내는 세계의 경계 내에 깊이 잠겨 있다는 것을 짐작하게 해준다. 가령,

> 저물 무렵이면 만선의 갈치배를 타고 돌아오던 우봉리 사내들
> 포구가 환히 보이는 언덕 소나무숲에 숨어
> 청솔가지를 씹으며 기다리던 우봉리 이녁들
> ——「우봉리에서」 부분

에서의 아낙들이 배고픔을 참기 위해 씹는 솔가지를 시인이 굳이 '청솔가지'라고 표현한 까닭은 무엇이겠는가. 그 단음 하나의 단순한 덧붙임이 가난하고 고단한 삶의 표정을 단숨에, 돌아오는 남편의 갈치배가 '만선'이리라는 든든한 믿음과 지아비에 대한 설레임의 낙관의 분위기로 바꾸어주는 것이며, 그것은 거꾸로 그러한 본디 빛깔이 풍기는 지향의 세계를 시인이 삶의 깊은 속에 이미 간직하고 있다는 것을 보여준다.

정일근 시는 본디 빛깔이라는 동일한 이름의 바탕과 지향의 사이에 있다. 본디 빛깔의 세계란 무엇인가. 그것은 뒤섞임 없는 단일성, 즉 일체의 불순함을 몰아낸 혹은 걸러낸 큰 통일성의 세계를 말한다. 시인의 그 통일성의 세계는 어찌나 경계를 알 수 없는지, '그리운 그 나라'라는 막연한 한 가지 말로써만 표현될 수 있을 뿐이다. 그리고 그 양끝의 동일성은 정일근 시의 사물들, 언어들을 강력한 인력으로 끌어당겨 흡수한다. 후자들은 시 속에서 쓰이는 즉시 전자의 단일성의

세계에 동화된다. 아무렇게나 뽑아 보기를 들어, 「유배지에서 보내는 정약용의 편지」를 보자면, 유배당한 한 개인의 그리움이며 한은 그의 온몸의 세부, 심지어 '열 손톱'까지 물들이는 것이며 동시에 그 반대편으로 그가 머물고 있는 '온 강진 벌판'을 울게 하는 것이다. 그러한 전체 동화는 시의,

　　　새벽까지 밤을 재워 무우채를 썰면, 절망을 썰면

이라는 구절이 나타내듯, 무우채, 곧 절망이라는, 어떤 단서도 무시하는 절대 등식에 근거하고 있다.
　정일근 시의 이러한 세계가 뒷속없는 천진성으로부터 기인한다는 것은 이미 밝힌 것이거니와, 천진성의 상상력은 곧 유보없는 동화의 상상력에 다름아니다. 그 상상력 속에서 일체의 사물들, 사람들 사이의 모든 구별은 사라진다. 보라 !

　　　조국이여, 부상에 해 뜨는 아침부터
　　　함지에 해 지는 저녁까지
　　　버릴 것 하나 없는 가을의 깊고 푸른 서정 속으로
　　　그대는 언제나 크고 새로운 서정의 예감으로 찾아와
　　　진해시 경화동 산번지 간이역 빈 대합실에서
　　　이 가을 내내 변방의 한 시인을 홀로 기다리게 합니까
　　　　　　　　　　——「가을 驛舍에서」 부분

에서, 한 평론가를 기다리는 마음은 어느새 조국을 그리워하는 마음으로 뒤바뀌어 있지 않은가. 작은 사물은 큰 개념의 얼굴을 하고, 큰 개념은 작은 사물의 몸을 비는 것이다.
　이러한 동화의 상상력이,

　　　북을 보면 두드리고 싶습니다

대청마루 떡하니 놓인 쇠북을 보면

——「북」 부분

에서의 '떡하니'와 같은 어사가 풍기는 절대적 믿음, 즉 **신**화만들기의 세계를 보여주기도 하고, 「입방울」이나 「우봉리에서」 같은 시들에서 아주 잘 드러나듯, 감정의 리듬의 우회 없는 연속성과 과감한 건너뛰기를 정일근 시의 두드러진 특징으로 만들기도 하며,

> 푸르고 싱싱한 고등어를 굽자
> 이내 지지지 생살이 타는 소리
> 익어 툭툭 불거지는 고통의 속살
> 시인이여 젊은 시인이여
> 우리의 삶도 저런 건강한 고통 속에 두자
> 살과 뼈를 태우는 지글거림 속에
> 슬픔과 그리움으로 기름진 시들을 태우자
> 눈물을 태우고 사랑을 활활 불태우며
> 우리 한몸의 푸른 고등어가 되자

——「고등어」 부분

와 같은 '건강한 고통'의 세계를 낳기도 한다. 그 건강한 고통의 자기 태우기는 흔히 생각되듯, 타 소멸하는 플로지스톤의 그것이 아니라, 생명의 한 원소인 산소가 더해져 삶의 정체성을 활달하게 움직이게 하는 운동성의 모습으로 드러나며, 그것은 자아＝고등어의 과감한 동일화에 크게 힘입고 있다.
　나는 여기서 정일근의 시세계를 자세하게 분석하고 싶지는 않다. 그것은 서평이나 평론의 몫이며, 발문에서 할 일은 아니다. 이 글에서 내가 몇몇 시들을 간략하게 감상한 것은 오로지 시인의 사람됨, 아니 차라리 천진성의 시인됨을 드러내기 위해서일 뿐이다. 발문 문제 때문에 오랜만에 그를 다

139

시 만났을 때, 나는 그의 천진성을 언제나처럼 느낄 수 있었
다. 그의 얼굴엔 여전히 시를 쓰는 즐거움이 환히 피어 있었
고, 자신이 태어나고 자라온 고향의 문화를 위해 아무런 사
심없이 마산에서 부산으로, 울산으로 부지런히 뛰고 있었으
며, 진해의 학교에서는 중학생 아이들의 다정한 형님이 되어
있었다. 나는 다시 글 처음의 회상에 젖는다. 국어를 가르치
는 시인은 제자들과 함께 그들의 간소한 축제를 열고 있다.
한 학생의 시가 그림과 함께 이렇게 씌어 걸려 있다.

> 나는 저 등대를 보며
> 배 타고 떠나가고 있다
> 저 불빛이 안 보이는 곳으로
> 떠나가고 있다
> 그러나 희미하게 보이는
> 저 불빛이 나를 부르는 것 같다
> 나는 그 불빛에 걸려
> 걸어가고 있다.

그 시화를 보면서 시인―선생은 자신의 시를 겹쳐놓는다.
이렇게.

> 이제 똑바로 걸어가라 재홍아
> 네 어머니의 거친 손을 잡고
> 저 등대가 불 비추는 세상
> 온몸으로 걸어가라
> 힘찬 목소리로 노래하며 가라
> ――「야학일기 7」 부분

나도 그렇게 메지를 내야겠다. 첫 시집을 내는 친구여, **천
진성의, 동화의 시인이여, 온몸으로 힘찬 목소리로 노래하며
가라!**

後　　記

　나는 아직도 스승의 말씀처럼 시는 발언이라 믿고 있다. 그렇다. 시는 나의 발언이다. 내가 보고, 듣고, 느끼고, 생각한 모든 것을 시라는 형식을 통해 발언하는 것이다. 내가 살고 있는 이 시대에 대해 정직하게, 성실하게 발언하는 것이다. 나의 발언의 대부분이 슬픔과 절망, 좌절이 주조를 이루고 있지만 나는 이 발언을 멈추지 않을 것이다. 이 숭고한 작업은 이미 오래 전부터 많은 분들에 의해 오늘에 이어지고 있고 우리가 죽어 사라진 먼 훗날에도 또 누군가에 의해 끊임없이 이어질 것이리라.

　시인이란 꼬리표를 단지 불과 3년만에 첫시집을 엮는 마음은 기쁨보다는 두려움이 앞선다. 그러나 이 시집의 발간이 그동안 나를 지배해온 낡고 오래된 형식과 주제에서 벗어나 새로운 세계로 거듭나는 계기가 되고자 한다.

　이 시집은 다소 의도적으로 모두 4부로 나누었다. 1부는 분단을 주제로 한 시편들과 근작들을, 2부는 야학과 교육현장에서 얻은 체험의 시편들을, 3부는 내 정신의 고향 마산을 주제로 한 시편들을, 4부는 여러 주제의 시편들과 초기시들을 모았다. 그리고 이미 발표된 여러 편의 시들을 이 시집을 엮으며 다시 고쳐 썼음을 밝힌다.

　첫시집을 엮으며 생각해보니 내게는 너무나 고마운 분들이 많다. 앞으로 더욱 열심히 노력함으로써 그 모든 분들의 고마움에 보답하고자 한다. 문학은 홀로 하는 작업이지만, 결국은 더불어 함께 하는 작업임을 깨우쳐주신 창작과비평사의 여러분들께도 **감사의** 마음을 전한다.

이 첫시집의 **모든** 기쁨과 가슴 설레임을 서른에 홀로 되신 우리 어머니께, 모든 것을 참고 견디어온 아내에게, 사랑하는 기영, 지숙 내 아이들에게 모두 돌리고 싶다.

1987년 8월

정　일　근

창비시선 65

바다가 보이는 교실

초판 1쇄 발행 / 1987년 10월 10일
초판 28쇄 발행 / 2024년 12월 31일

지은이 / 정일근
펴낸이 / 염종선
펴낸곳 / (주)창비
등록 / 1986년 8월 5일 제85호
주소 / 10881 경기도 파주시 회동길 184
전화 / 031-955-3333
팩시밀리 / 영업 031-955-3399 편집 031-955-3400
홈페이지 / www.changbi.com
전자우편 / lit@changbi.com

ⓒ 정일근 1987
ISBN 978-89-364-2065-9 03810